Voyage au pays des

有趣的
法語暖身操

聽聽唱唱學發音

游文琦（Wen-Chi You）、夏怡蓓（Isabelle Chabanne） 合著

游文琦（Wen-Chi You） 譯

周永菱（Marie YonLien Tsotsolis） 插畫

如果，聽法語就像聽蟲鳴鳥叫？

這不是一本單純的法國兒童歌曲選集，而是一套為了學習法語者特別設計的發音暖身操。為了讓學生可以保持興趣並且深入堂奧，作者們特別設計了這套簡潔、容易入手的教材，解決法語學習者經常碰到的發音障礙。

學母語、學外語，讀或寫一本聽力發音教材，都像是經歷一段奇妙卻不易的文化旅行。這套法語教材，誕生於台灣，源於兩個異國朋友的巧遇與友誼——當時我剛從歐洲回台灣定居，Isabelle剛離開新竹一家美國學校的法語教職，一杯香草茶，伴著我們每週一次在家裡餐桌上切磋、擦撞出的火花。作者們和譯者在編寫、翻譯反覆推敲的過程中，再再體會到流傳久遠、深入法國人童年記憶的雋永童謠，具有藉由感官遊戲啟蒙幼兒、寓教於樂、趣味盎然的特性，所以能成為永久的記憶，而這些對於想學法語的外國人來說，也是難得的高效能入門寶典。

我們兩人都曾長年離鄉背井，不管是輾轉生活在歐亞洲多國時的家庭育兒經驗，或是在教學現場多年的省思，各自都發現語言終究是文化的一面，只要先從個人的興趣切入（可以是電影、捏陶、烹飪、戲劇或是研究心理學……），學外語就能搖身一變，成為一扇逐漸打開的窗子，映入鮮活有趣的人生經驗。像是我們家，我先生是老外，所以不管搬到哪裡住，家中總會有人變成外國人（外配）。長子幼年在巴黎欠缺華文語言刺激，就是從聽唱中文台語歌謠、繞口令、手指謠啟蒙他的中文。一首又一首，台語、中文、法語、希臘語、英語、義大利語……。

當我在慈濟大學教法語時，曾為初學者設計一系列十二首以歌謠（童歌、童詩、繞口令等）為媒介的發音啟蒙教材。在課堂上，我藉由讓學生聆聽，冷不防地將他們扔進一個小型的「法國文化浴缸」裡，進而讓他們從歌謠或短篇繪本故事中，接觸音素、字彙、文法，然後自然而然地吸收，最後提升了他們對法語語感的熟悉度。有時學生下課後，會私下過來分享他們以前學英語的恐懼經驗，高興地說他們現在也可以

引用我教他們接觸法語的方法,來重新面對內心多年的恐英(語)症。學生類似的回饋與提問,也在我竹塹社大的法國課下課時再次出現。

這個緊張害怕外語的現象,並非很少見。但當我們在公園裡散步時,有聽説過有人會害怕聽不懂鳥語蟲鳴嗎?我們在公園散步,是放心聽蟲鳴鳥叫的!同樣的,教材內附MP3,也是希望使用者依自己的時間與需要,放鬆心情去聽。因此,建議在接觸新的一課時,即使是完全聽不懂,也先不要打開課文逐字對照。務必忍住,闔上書面教材,專注用耳朵聆聽音韻變化。請先告訴自己不要心急,放鬆放鬆。學習同一課課文時,先讓身心舒坦,至少聽三次以上之後,再就耳朵所聽到的,直覺進行如影隨形式的聲調模仿。

如此做了一到兩週後,慢慢地,再打開相對應的課文來一面聽一面讀。剛開始接觸法語文字,先讓目光欣賞某些奇特文字的寫法吧!碰到不懂的字彙,或有類似學過的單字時,再次把注意力放在音波頻率的接收,或是語感的想像上。先緩一下慣性的思維概念,以及心的慣性衝動,每一次都輕鬆聆聽,從句子的第一個音節聽到句子的最後一個音節!把聲音語調先全盤吸進去後,再為文字貼上標籤(翻查附錄於後半部的課文歌謠的中文翻譯及字彙表)。倘若有老師在課堂上使用本教材,請老師當守門員,提醒學生們開口念唱之前,需要先放鬆並且仔細聽一段時間,以免在學生不知不覺中自創了個人的錯誤發音系統,日積月累下,養成連法國人都聽不懂又難改正的發音習慣。

教材的編排,除了開場兩首法國生活必備的基本問候「會話歌謠」吟唱中,翻開左右頁會顯示(法語/中文)雙語以外,接下來其他的課文皆以全法語介紹:分成四十六課的特定音素練習,分別以歌謠童詩吟唱。這些課文不同於其他教材,我們特別不將母音、子音分開成前後段介紹,而是觀察模仿語言自然使用與出現的情形,做反覆交

叉介紹，讓大家來練習母音、子音和半母音（半子音）。教材起先介紹單一音素，慢慢地出現幾個容易混淆的特定音素。為了讓初學者能充分享受法語聲韻變化及閱讀的樂趣，每課課文的字體大小與長度，都經過作者們的仔細安排。而教材內容，部分取材自法國人自幼耳熟能詳、流傳世代的傳統歌謠，其他的童詩則是由我們特別編寫而成。

中文翻譯盡量兼顧中、法語的信實與流暢。因此，譯者傾向採用非逐字逐句的意譯。除了一首出自法國文豪雨果筆下，「創字」（無字義）的著名俏皮童詩《Mirlababi》，和另一首傳統繞口令《Am stram gram》，這兩首無從翻譯以外，每課都有中文翻譯。為了讓學員好好聆聽這些專有名詞的法語發音，因此中譯文刻意保留大部分的原文人名、地名而不予以翻譯。

附帶一提，我們遵循並模仿法國學齡前幼童接觸母語的過程，因此這套教材刻意不去介紹法語動詞變化（表），儘管在附錄1也介紹了簡易基本文法，但僅供查閱。我們選擇保留您的學習興趣，參照母語學習的過程，呈現法語動詞變化在句中呈現的自然樣貌——同一個法語動詞會隨著人稱與時態的改變，而呈現的不同拼法。此外，從收錄的歌謠童詩裡，會接觸許多基礎文法運用實例，以及體驗音調高低起伏、喉嚨放鬆（發軟音〔b〕、〔d〕、〔g〕），喉嚨略緊（發硬音〔p〕、〔t〕、〔k〕）的交替使用；何時需要或不需要連音，何時可稍作休息換氣；還有連音的使用在吟唱時和朗誦時的確略有不同（註：教材內標記的連音，為大部分法國人朗誦或說話時視為「必連」的連音）等。這些都有可能會啟動部分使用者的好奇心，想進一步觀察，提出新的疑問時，這套書的啟蒙法語目標就達到了。

這套立意良善的法語暖身教材，帶著我們對您順利進步的熱切期盼！願它除了幫助您有良好的聽力與發音之外，也能幫助您為往後的學習，提供豐富的拼音、拼字、會話等重要語言、文化基礎。如同《Petit Poucet》（小拇指）童話故事裡的情節，這套教材為您灑上一排帶路的小石子，請循跡前進吧！衷心期盼使用者們能對這樣的安排會心一笑，並享受這個學習經驗。您的感官準備好要淋濕了嗎？

最後預祝您
在音韻的繽紛浪漫國度裡，
耳目一新，旅途愉快！「dans le bain culturel」浸在法語浴缸裡！

游文琦
Wen-Chi Yu

2017年11月
於台灣 新竹市

Cette méthode bilingue, née à Taïwan grâce à deux amies, l'une Française, l'autre Taïwanaise, se veut simple et accessible. Elle s'adresse particulièrement à des apprenants de niveau débutant ou intermédiaire en français.

Ce manuel est un manuel d'apprentissage qui met l'accent sur la prononciation.

L'idéal pour apprendre une langue est de se plonger dans un bain culturel auditif. C'est pour cette raison que nous avons surtout choisi l'écoute de chansons et comptines traditionnelles - parfois arrangées pour les besoins de l'apprentissage du vocabulaire - ainsi que de virelangues, particulièrement pour les sons des consonnes. Cela permet de donner aux premiers sons de la langue un côté ludique tout en gardant un axe pédagogique. Apprendre une langue étrangère est un processus merveilleux mais qui n'est pas aisé. C'est pourquoi nous insistons sur la prononciation en choisissant des chansons ou comptines qui correspondent aux différents sons de la langue française.

La plupart des leçons sont représentées par une ou plusieurs chansons ou comptines, suivies d'un tableau de vocabulaire relatif au son étudié. Parmi les 46 leçons, les voyelles, les consonnes et les semi-voyelles (aussi appelées semi-consonnes) ne sont pas traitées séparément. Lorsque vous découvrez une leçon, nous vous conseillons de privilégier l'écoute. Le CD permet d'écouter autant de fois que nécessaire afin d'apprivoiser le son. Concentrez-vous sur la réception des sons, puis répétez-les plusieurs fois de suite. Vous pourrez alors ensuite commencer la lecture de la comptine ou du virelangue.

Comme dans toute traduction, les comptines de ce livre ne sont pas traduites mot à mot. La traduction en chinois privilégie le sens afin d'apporter une aide à la compréhension. C'est seulement à la fin de la méthode, dans l'annexe 2, que se trouve la traduction du texte en chinois afin de permettre de vous focaliser, dans un premier temps, sur l'écoute et non sur le sens.

Pour les plus curieux, nous avons regroupé quelques notions de grammaire de base qui se trouvent dans l'annexe 1 à la fin du livre, ainsi qu'un index de vocabulaire.

Nous vous conseillons cette approche de la prononciation pour préparer de façon plus solide votre apprentissage ultérieur de la langue. L'objectif ici n'est pas tant d'apprendre des mots de vocabulaire que d'apprendre à prononcer les différents sons du français. Ce n'est ni un recueil de comptines, ni une méthode de grammaire, mais un premier contact avec la langue française et, vous l'aurez compris, avec les sons en particulier.

Nous espérons que vous prendrez plaisir à travers cet apprentissage et nous vous souhaitons un bon voyage au pays des sons.

夏怡蓓
Isabelle Chabanne

REMERCIEMENTS
這套教材得以完成，我們衷心地感謝

Nous remercions de tout notre cœur:

♫ Marie YonLien Tsotsolis et Lucille Chabanne pour les illustrations.

周永菱（Marie YonLien Tsotsolis）的封面及歌謠插畫，和夏璐希（Lucille Chabanne）的MP3插圖。

♫ Lucille et Adrien Chabanne pour les jolies voix de l'enregistrement.

夏璐希（Lucille Chabanne）和夏安德（Adrien Chabanne）的美聲錄音。

♫ Cécile Gaedke et Claude Chabanne pour leurs compétences sur la langue française et leurs précieux conseils.

Cécile Gaedke 和Claude Chabanne兩位，以精闢專業的法語教學經驗，一路上不吝給予我們珍貴的建議和指導。

♫ Iasson MouMin Tsotsolis pour son interprétation d'une composition française de François Couperin, *Les coucous bénévoles*, et d'un extrait de la Sarabande de la 5ème Suite française de J. S. Bach, tous les deux datés de 1722.

周木閔（Iasson MouMin Tsotsolis）的電子大鍵琴錄音，詮釋法國作曲家庫普蘭F. Couperin在1722年完成的作品《不計報酬的布穀鳥*Les coucous bénévoles*》，和一小段由巴哈在同一年完成的法國組曲中第五號薩拉邦舞曲。

♫ Vassilios Tsotsolis pour ses conseils avisés sur la rythmique de la langue et sur l'interprétation musicale.

周瓦絲里（Vassilios Tsotsolis）在法語童詩創作（音律推敲運用）上，及歐洲古樂配樂的選曲和樂器的詮釋上，不斷陪伴我們，並慷慨地提供精準獨到的音樂專業看法。

♫ La Maison d'Edition Orchidée Royale pour ses précieux conseils sur l'édition.

瑞蘭國際有限公司出版部的可貴且專業的建議。

Cette méthode a été initialement écrite en français puis traduite en mandarin. Si vous êtes intéressés pour traduire cette méthode dans une autre langue, veuillez, s'il vous plaît, contacter la maison d'édition. Si vous avez des remarques, n'hésitez pas à nous contacter à l'adresse suivante:
wenchi.isabelle@gmail.com

這套教材原是以法語定稿後，再翻譯成中文。如果您也想將這套法語發音教材翻譯成其他語言，請連絡瑞蘭國際有限公司出版部。或您對教材內容有任何指正，請慷慨給予您珍貴的意見，請寫信到以下作者共用的信箱。
wenchi.isabelle@gmail.com

Comment utiliser la méthode?
如何使用這套教材？

想學好法語，正確的發音極其重要！為了達到最好的學習成果，使用者必須不看法語歌詞和中文翻譯，所以請先「專注聆聽」每一課標注 ♫ MP3 000 的地方的發音多次之後，才開始模仿發音，否則有可能沒聽清楚。若是接觸新的課文時，請先專注聽一課，效果最好。只要反覆在這一課練習聆聽、檢視輸入與輸出的學習內容，加上勤開口做發音與童謠練習，才能培養正確的法語聽力與優美的發音。即使學習者剛開始不明白語意，也不要急著翻查中文翻譯，以免不知不覺中落入或強化了錯誤的發音習慣，讓自己建立起一套法國人聽不懂的發音系統，導致無法順暢地使用法語來溝通。

這套教材只在剛開始的「用歌謠會話學打招呼」部分，才設計左頁為法文、右頁有中譯，方便學習打招呼等簡單會話。但是一進入「音素練習篇」，不但課文錄音再也聽不到中譯句，而且也不再穿插中譯文句於1-46課的課文中，讓使用者可以專心聆聽MP3上的全法語錄音。至於「音素練習篇」的中文翻譯，讀者將可以在教材末尾附錄2找到書面中譯文。

書的使用說明：

1) 為了有效地幫助使用者學習和閱讀，並且減輕壓力和視力的負擔，我們刻意採用放大的課文字體設計，整本歌謠教材分成大、中、小三種印刷字體。

2) 請注意分辨字母與音素。法語字由26個字母組成；而「音素」則標示在音標符號 [ ]裡。因此，字母與音素的發音有時會不同。

　　例如：[j] 為音素（其發音請聽第15課fille [fij]）

　　　　　j　為法語字母，發音為[ʒi]

　　小提醒：英語字母j的發音和法語字母不同，英語字母的j，近似發[dʒe]。

3) 每一課會介紹音素，置於[ ]內，用特定的顏色標示。在課文中出現該音素的拼音時，也會以相同的顏色標示出來。

例如：[i]　Midi, qui l'a dit?（第14課）

4) 在一首童謠中，我們有時會同時研讀兩個（或三個）易混淆的音素，各以對應的顏色分別標示。

例如：[a] - [y]　La famille tortue（第35課）

5) 請小心分辨：某一音素和構成該音素的拼法。聽起來相同的發音，但是有時拼法不相同。

例如：[o]是音素，發[o]的音。

而以下紅色部分的音節也是同樣的發音：

le bateau– le landau – la moto – tôt，

eau, au, o, ô也都是[o]音的不同拼法。

6) 課文中遇到字母不發音時，會在該字母下面，用綠色「__」底線顯示出來。不過，由於有些童謠裡的字尾，有時必須配合該句子與樂韻的長短而調整、縮短或改為（不）發音，因此請注意：在這本教材裡，用綠色「__」底線標出來的「不發音字母」，是指在「一般講話時」的不發音字母，而非在唱歌時，往往為了遷就音樂長短而發的音！

例如：À la claire fontaine（第37課）

7) 連音（liaison）在法語發音中是非常重要的。連音是指：將「原本為不發音」的字末子音，改發為「有聲子音」，並且同時把這個子音「連」到「下一個字的第一個母音」來一起發音。必須連音的地方，將用‿標示出來。

例如：Papa est‿en bas.（第32課）

8) 法語唸起來不像中文，沒有四（五）聲。法語聽起來和唸起來，單字較少出現明顯突然起起落落的「字重音」，而且會在完整的句子中，呈現出較長、聲音較連續，而且高低較平緩的聲音來表現句意或語意，呈現了法語特有的音韻起伏變化。

例如：Voulez-vous un peu de vin, du fromage et du pain?

中文：你們要喝些葡萄酒，配點乳酪和麵包嗎？（歌謠會話1）

9) 說明：

最後，針對以下三個相對下較少出現的法語音素[ɑ]（如pâtes）、[ɥ]（如huit）、[œ̃]（如lundi），作者們刻意在這套教材裡不把它們明列成單獨的課文，好讓初學者在接觸法語的第一時間，可以抓住大方向，輕鬆學習。除了[ɥ]和[y]發音相似之外，在現代通用法語的使用和語言自然的演化下，逐漸有去掉[ɑ]及[œ̃]這兩個音素的傾向。

最後，關於音檔，簡要地分成以下兩點來說明：

1) 每一課MP3的錄音都包括三種：

-先用一般的口語説（唱）速度唱頌課文。

-針對特定音素的字彙錄製了慢速的練習速度。

-最後用刻意放慢的速度，重複一次課文。

2) 我們選用簡短而旋律不同的音樂做開頭，來幫助使用者分辨課與章節的不同。

Sommaire
目　次

Accueil　聽力與發音：歌謠會話

Comptines　音素練習篇

Annexes 附錄

Index 索引

Signification des symboles 符號與略語表

❖ texte d'origine traditionnelle 選自法國傳統歌謠

❧ texte inspiré d'un autre texte 改編自其他歌謠

✿ texte créé par les auteurs 出自本書作者

Accueil

聽力與發音：歌謠會話

Dialogue chanté 1   **Dialogue chanté 2**

1 Dialogue chanté
(sur l'air de Twinkle, Twinkle, Little Star)

Paul: Bonjour Anne, comment ça va?

Anne: Bonjour Paul, très bien, merci.

Je suis contente d'être ici

avec tous mes bons amis.

Paul: Voulez-vous un peu de vin,

du fromage et du pain?

第一曲 （用《一閃一閃亮晶晶》的音樂來唱）

Paul（男）：妳好，Anne。妳好嗎？

Anne（女）：你好，Paul。我很好，謝謝。
　　　　　　我很高興和我所有的好友
　　　　　　在這裡（相聚）。

Paul（男）：你們要喝些葡萄酒，
　　　　　　配點乳酪和麵包嗎？

- **bonjour**

  On utilise le mot *bonjour* toute la journée jusqu'à environ 17h-18h.

- **Comment ça va ?**

  = ça va ?

  La deuxième expression est un peu plus familière.

- **(très) bien**

- **merci**

- **le fromage**

- **le vin**

- **le pain**

- **bonjour**

  你好（日安），從早上到下午5、6點左右用bonjour來彼此問候。

- **Comment ça va ? = ça va ?**

  你好嗎？（這兩句都是非正式的問候語，常用在認識的人之間。也可省略Comment，直接說成「ça va?」。「ça va」為比較家常的說法。）

- **(très) bien**

  這句是回答他人問候的常用語，表示（我很 / 還）好。

- **merci**

  謝謝

- **le fromage**

  乳酪

- **le vin**

  葡萄酒

- **le pain**

  麵包

2 | Dialogue chanté
(sur l'air de Frère Jacques)

Monsieur Huang: Bonsoir madame (Lin).

Madame Lin: Bonsoir monsieur (Huang).

Monsieur Huang: Bonsoir mademoiselle

(Lee).

Madame Lin: Je m'appelle Isabelle (bis).

Monsieur Huang: Au revoir, à bientôt.

第二曲 （用《兩隻老虎》的音樂來唱）

黃先生：您好，（林）太太，

林太太：您好，（黃）先生，

黃先生：您好，（李）小姐。

林太太：我的名字叫Isabelle（重複唱一次），

黃先生：再見，回頭見。

- **bonsoir**

  Les Français utilisent le mot *bonsoir*
  pour dire *bonjour* ou *au revoir* quand c'est le soir
  (vers 18h).

- **madame**

- **monsieur**

- **mademoiselle**

- **Je m'appelle**

- **au revoir**

- **à bientôt**

- ## bonsoir

  在傍晚或下午5、6點入夜後，人們在碰頭時，用bonsoir
  來彼此問好；或彼此要離開時，也説bonsoir來互相道別。

- ## madame

  太太，夫人。稱呼一位自己不認識或可能已經結婚的成
  年女性，用來表示尊敬問候之意。

- ## monsieur

  先生。稱呼一位自己不認識或具有身分地位的成年男
  性，用來表示尊敬問候之意。

- ## mademoiselle

  小姐

- ## Je m'appelle

  我的名字叫

- ## au revoir

  再見

- ## à bientôt

  （希望很快能）再見

MÉMO

Comptines
音素練習篇

[m]

Le maire
et* le masseur ♪ MP3 003

Mon père

est** maire de Mamers

et mon frère

est masseur.

Vocabulaire			
mon	maire	Mamers	masseur

* Le mot «et» se prononce toujours [e].

** Le mot «est» se prononce [ɛ] quand c'est un verbe.

Mardi matin ♫ MP3 004

Mardi matin,

ma mère mangea

mes myrtilles mûres,

mes meilleures mandarines,

et même

mes madeleines

moelleuses!

Vocabulaire		
mardi	matin	ma
mère	mangea	mes
myrtilles	mûres	meilleures
mandarines	même	madeleines
moelleuses		

Ma marraine malgache ♫ MP3 005

Ma marraine malgache

mâche

mon chamallow moisi,

mais ma mamie

mange mon

malabar.

Où niche la pie?

♫ MP3 006

Où niche la pie?

La pie niche haut.

Où niche l'oie?

L'oie niche bas.

Où niche le hibou?

Le hibou niche

ni haut ni bas!

Vocabulaire	
niche	ni

Nombres et Liaisons

♫ MP3
007

Une aile

Deux‿ailes

Trois‿ailes

Quatre ailes

Cinq‿ailes

Six‿ailes

C'est‿elle!

Une oie

Deux‿oies

Trois‿oies

Quatre oies

Cinq‿oies

Six‿oies

C'est toi!

Jean de la lune  ♫ MP3 008

Par une tiède nuit

de printemps,

il y a bien de cela cent‿ans

que sous‿un brin de persil

sans bruit,

tout menu naquit

Jean de la lune,

Jean de la lune.

Vocabulaire			
de	cela	que	menu

Tara ♫ MP3 009

Tara

Le petit rat

S'en va au Canada

Avec Sacha

Le petit chat.

Vocabulaire			
Tara	rat	va	Canada
avec	Sacha	chat	

Zazie ♫ MP3 010

Zazie cousait

en causant

avec sa cousine.

Vocabulaire			
Zazie	cousait	causant	cousine

Joyeux_anniversaire

♫ MP3 011

Joyeux_anniversaire,

Joyeux_anniversaire,

Joyeux_anniversaire, Lisa,

Joyeux_anniversaire!

Vocabulaire

joyeux_anniversaire	Lisa

Proverbe 1

Chose promise, chose dûe. ♫ MP3 012

Vocabulaire

chose	promise

Les serpents qui sifflent

♫ MP3 013

Mais qui sont ces serpents

qui sifflent

sur cette serviette?

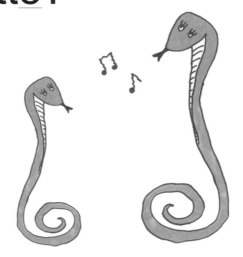

Vocabulaire			
sont	ces	serpents	sifflent
sur	cette	serviette	

Les sangsues ♫ MP3 014

Si ces six cent six sangsues

sont sur son sein

sans sucer son sang,

ces six cent six sangsues

sont sans succès.

Vocabulaire			
si	ces	cent	six
sangsues	sont	sur	son
sein	sans	sucer	sang
succès			

La piscine 🎵 MP3 015

À la piscine,
pendant les cours
de natation
avec ma sœur,
j'ai vu un garçon nager
comme un poisson.

Vocabulaire		
piscine	natation	sœur
garçon	poisson	

Trois tortues

♫ MP3 016

Trois tortues trottaient
sur un trottoir très‿étroit.

Vocabulaire		
trois	tortues	trottaient
trottoir	très	étroit

Entêtement

♫ MP3 017

Tu t'entêtes

à tout tenter.

Et tu te tues

à tant t'entêter.

Vocabulaire		
tu	t'entêtes	tout
tenter	te	tues
tant	t'entêter	

LEÇON 9 **[d]**

Un dragon gradé 🎵 MP3 018

Un dragon gradé

dégrad<u>e</u>

un dragon dégradé.

Vocabulaire			
dragon	gradé	dégrad<u>e</u>	dégradé

Le dandy 🎵 MP3 019

Le dandy dodelinant
dodeline de la tête
devant le dindon dodu.

Vocabulaire		
dandy	dodelinant	dodeline
de	devant	dindon
dodu		

Sur le pont d'Avignon

 MP3 020

Sur le pont d'Avignon,

on‿y danse,

on‿y danse,

Sur le pont d'Avignon,

on‿y danse

tous en rond.

Vocabulaire			
pont	Avignon	on	rond

45

Menu du jour

♫ MP3 021

Du poisson? Non.

Du jambon? Non.

Des champignons? Non.

Du melon? Non.

Alors quoi donc?

Des cornichons!

Ah bon!

Vocabulaire		
poisson	non	jambon
champignons	melon	donc
cornichons	bon	

Proverbe 2

Les bon̲s comp̲tes̲

fon̲t les bons‿amis̲. MP3
022

Vocabulaire

bon̲s	comp̲tes̲	fon̲t

Le hibou et le héron

♫ MP3 023

Tu as un hibou?

Moi, j'ai un héron.

Ton hibou

ressemble à un haricot.

Mon héron, lui,

est un héros!

Vocabulaire			
un hibou	un héron	un haricot	un héros

L'hippo et l'hélico 🎵 MP3 024

Un‿hippo dans‿un‿hélico?

Il hésitait

à se poser dans l'herbe.

Il avait des‿hallucinations:

Un‿homme,

deux‿hippocampes,

trois‿hélices...

Quelle drôle d'histoire!

Vocabulaire		
un‿hippo	un‿hélico	Il‿hésitait
l'herbe	des‿hallucinations	un‿homme
deux‿hippocampes	trois‿hélices	d'histoire

Le coucou ♫ MP3 025

Dans la forêt lointaine,

On entend le coucou.

Du haut de son grand chêne,

Il répond au hibou.

Coucou, hibou, coucou, hibou,

Coucou, coucou, coucou.

(bis)

Vocabulaire	
coucou	hibou

Bonjour lundi  ♫ MP3 026

Bonjour lundi

Comment va mardi

Très bien mercredi

Je viens de la part de jeudi

Dire à vendredi

D'aller samedi

Au bal de dimanche!

Vocabulaire			
lundi	mardi	mercredi	jeudi
dire	vendredi	samedi	dimanche

Mirlababi

♫ MP3 027

Mirlababi surlababo

Mirliton ribon ribette

Surlababi mirlababo

Mirliton ribon ribo

(Victor Hugo, *les Misérables*)

Vocabulaire			
mirlababi	mirliton	ribon	ribette
surlababi	mirlababo	ribo	

Proverbe 3

La nuit, tous les chats sont gris.

♫ MP3 028

Vocabulaire	
nuit	gris

Midi ♫ MP3 029

Midi, qui l'a dit?

La souris.

Où est‿-elle?

Dans la chapelle.

Que fait‿-elle?

De la dentelle.

Pour qui?

Pour les dames de Paris

Qui portent des souliers gris.

Vocabulaire			
midi	dit	souris	qui
Paris	gris		

La pluie mouille  ♪ MP3 030

La pluie mouille

La citrouille,

La pluie mouille

La grenouille,

La pluie mouille

Carabouille,

Et ça rouille.

Ouille, ouille, ouille!

Vocabulaire		
mouille	citrouille	grenouille
Carabouille	rouille	ouille

Une jolie fille

♫ MP3 031

Hier, sous le soleil

une jolie fille et sa famille

se sont assises sur le fauteuil

pour déguster un bon yaourt

avec du pain grillé à l'ail.

Vocabulaire			
fille	hier	soleil	famille
fauteuil	yaourt	grillé	ail

LEÇON **16** [ɛ̃]

Trois petits lapins

 MP3 032

Au clair de la lune,

trois petits lapins

qui mangeaient des prunes

comme trois petits coquins.

La pipe à la bouche,

le verre à la main,

ils disaient «Mesdames,

versez-nous du vin».

Vocabulaire			
lapins	coquins	main	vin

Alain le coquin ♩ MP3 033

Alain le coquin,

vendra de l'huile de lin,

avec son parrain Marin

et son copain Tintin,

demain matin

au pays lointain.

Vocabulaire			
Alain	coquin	lin	parrain
Marin	copain	Tintin	demain
matin	lointain		

Benoît 🎵 MP3 034

Benoît

ne pe<u>u</u>t pa<u>s</u> peindre

les peti<u>ts</u>‿œu<u>fs</u>

en bl<u>e</u>u.

Vocabulaire		
pe<u>u</u>t	œu<u>fs</u>	bleu

Proverbe 4

Heureu<u>x</u> au jeu,

malheureu<u>x</u> en‿amour. 🎵 MP3 035

Vocabulaire		
heureu<u>x</u>	jeu	malheureu<u>x</u>

Monsieur Eulin ♫ MP3 036

Jeudi,

monsieur Eulin veut acheter

un jeu de cartes

à deux euros

et une chemise bleue

à douze euros.

Il ne peut pas beaucoup dépenser!

Vocabulaire		
jeudi	monsieur	Eulin
veut	jeu	deux
euros	bleue	peut

Le professeur

🎵 MP3 037

Le professeur

n'e<u>st</u> pas‿à l'h<u>eu</u>re

chez le doct<u>eu</u>r.

Vocabulaire		
prof<u>e</u>sseur	h<u>eu</u>re	doct<u>eu</u>r

Le chanteur 🎵 MP3 038

Un chanteur voleur

apporte un bouquet de fleurs

à sa sœur.

chanteur	voleur	fleurs	sœur

Proverbe 5

Qui vole un œuf vole un bœuf. 🎵 MP3 039

œuf	bœuf

Le bonhomme et la pomme

♫ MP3 040

Un petit bonhomme

Assis sur une pomme,

La pomme dégringole,

Le petit bonhomme s'envole

Sur le toit de l'école!

Vocabulaire	
petit	pomme

Les papous

♫ MP3 041

Chez les papou<u>s</u>,

'y a des papou<u>s</u> à pou<u>x</u>

et des papou<u>s</u> pa<u>s</u> à pou<u>x</u>…

Et chez les papou<u>s</u>,

'y a des papou<u>s</u> papa<u>s</u>

et des papou<u>s</u> pa<u>s</u> papa<u>s</u>.

Donc chez les papou<u>s</u>,

'y a des papou<u>s</u> papa<u>s</u> à pou<u>x</u>

et des papou<u>s</u> papa<u>s</u> pa<u>s</u> à pou<u>x</u>.

Noël  MP3 042

Noël va m'apporter:

un bébé

un hibou

une brebis

un boa

un crabe

des bonbons

et de gros bisous!

Vocabulaire			
bébé	hibou	brebis	boa
crabe	bonbons	bisous	

L'enchanteur ♫ MP3 043

Un chanteur enchanteur

enchante

une chenille enchantée

en chantant

dans les champs.

Vocabulaire			
chanteur	enchanteur	enchante	chenille
enchantée	chantant	champs	

Cinq chiens ♫ MP3 044

Cinq chiens chassent six chats.

Vocabulaire		
chiens	chassent	chats

Les gendarmes

♫ MP3 045

Dans la gendarmerie,

quand‿un gendarme rit,

tous les gendarmes rient

dans la gendarmerie.

Vocabulaire

gendarmerie	gendarme

Le juge Juste ♫ MP3 046

Le juge Juste

juge Gilles,

jugé jeune et jaloux.

Vocabulaire		
juge	Juste	Gilles
jugé	jeune	jaloux

Proverbe 6

C'est‿en forgeant

qu'on devient forgeron.

♫ MP3 047

Vocabulaire	
forgeant	forgeron

Le grand voyageur ♫ MP3 048

Le son [ɲ] est un grand voyageur.

Il a visité la Bretagne

et bu du champagne.

Puis il a grimpé la montagne,

s'est promené dans la campagne,

et au milieu des vignes,

il a trouvé des cygnes!

Vocabulaire		
Bretagne	champagne	montagne
campagne	vignes	cygnes

Le coq ♫ MP3 049

La crête du coq

pousse

sur la tête du coq.

Vocabulaire	
crête	coq

Kiki et Koko

♬ MP3 050

Le cacatoès Kiki

habite à Bikini.

Le cacaotès Kiki

se cache sous son képi.

Quant‿au kangourou Koko,

il habite à Tokyo.

Quant‿au kangourou Koko,

il porte un kimono.

Vocabulaire			
cacatoès	Kiki	Bikini	cache
képi	quant	kangourou	Koko
Tokyo	kimono		

Les rats grillés ♪ MP3 051

Cinq gros rats

grillent

dans la grosse graisse grasse.

Vocabulaire		
gros	grillent	grosse
graisse	grasse	

Aglaé

♫ MP3 052

Aglaé

glisse gracieusement

sur la grande glace

du Groënland.

Vocabulaire		
Aglaé	glisse	gracieusement
grande	glace	Groënland

Le petit cheval rouge

♫ MP3 053

Galope,

petit cheval rouge

pour aller à Toulouse.

Galope,

petit cheval lavande

pour aller en Thaïlande.

Galope,

petit cheval blond

pour aller à Lyon.

Vocabulaire		
le	galope	cheval
aller	Toulouse	lavande
Thaïlande	blond	Lyon

La farandole 🎵 MP3 054

François et ses frères

font gaiement la farandole

autour d'un feu de fagots flambants.

La farandole, c'est fatigant

mais c'est formidable!

Vocabulaire		
François	frères	font
farandole	feu	fagots
flambants	fatigant	formidable

Le pivert  ♫ MP3 055

Le pivert

a ravi la goyave verte,

puis s'est envolé

plus vite que le vent.

Vocabulaire			
pivert	ravi	goyave	verte
envolé	vite	vent	

Proverbe 7

Qui vivra verra. ♫ MP3 056

Vocabulaire	
vivra	verra

À vélo 🎵 MP3 057

Avec mon vélo,

je vais vite, vite,

plus vite que les voitures,

que les‿avions,

plus vite que le vent.

C'est vrai!

Je vire à toute vitesse,

je fais des voyages vertigineux,

sans volant et sans voile,

avec mon vélo.

T'as vu?

Vocabulaire			
avec	vélo	vais	vite
voitures	avions	vent	vrai
vire	vitesse	voyages	vertigineux
volant	voile	vu	

Les chaussettes de l'archiduchesse

♪ MP3 058

Les chaussettes

de l'archiduchesse

sont sèches, archi-sèches.

Vocabulaire		
chaussettes	archiduchesse	sont
sèches	archi-sèches	

Le chasseur ♫ MP3 059

Un chasseur sachant chasser
doit savoir chasser
sans son chien.

Vocabulaire			
chasseur	sachant	chasser	savoir
sans	son	chien	

Un‿éléphant, ça trompe énormément

🎵 MP3 060

Un‿éléphant,

ça trompe, ça trompe,

Un‿éléphant,

ça trompe énormément!

Deux‿éléphants,

ça trompe, ça trompe,

Deux‿éléphants,

ça trompe énormément!

Trois‿éléphants,

ça trompe, ça trompe,

Trois‿éléphants,

ça trompe énormément!

Vocabulaire	
éléphant	énormément

Jean ♫ MP3 061

Jean,

qui habite encore

avec sa tante,

n'a pas d'argent

et n'a pas le temps

de changer d'appartement.

Vocabulaire		
Jean	encore	tante
argent	temps	changer
appartement		

Tom ♫ MP3 062

Tom va à l'école.

Il sonne

chez son‿amie Nicole

et se cache derrière la porte.

Elle sort

mais‿elle ne voit personne.

Qui est-ce? se dit Nicole.

C'est Tom!

Vocabulaire			
Tom	école	sonne	Nicole
porte	sort	personne	

Fais dodo,
Colas mon petit frère

🎵 MP3 063

Fais dodo,

Colas mon petit frère.

Fais dodo,

t'auras du lolo.

Maman est‿en haut

Qui fait du gâteau.

Papa est‿en bas

Qui fait du chocolat.

Fais dodo,

Colas mon petit frère.

Fais dodo,

t'auras du lolo.

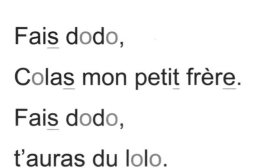

Vocabulaire	
dodo	Colas
lolo	haut
gâteau	chocolat

Do ré mi fa sol la si do

MP3 064

Do ré mi fa sol la si do!

Gratte-moi la puce

que j'ai dans le dos.

Si tu l'avais grattée plus tôt,

elle ne serait pas montée si haut,

si haut, dans le dos!

Vocabulaire			
do	dos	tôt	haut

Proverbe 8

Tout nouveau tout beau.

MP3 065

Vocabulaire	
nouveau	beau

Le chat gris ♫ MP3 066

Gris, gris, gris,

Il est gris,

Le gros chat.

Gros, gros, gros,

Il est gros,

Le chat gris.

Gras, gras, gras,

Il est gras,

Le gros rat.

Gris, gros, gras,

Gare à la griffe du gros chat!

Vocabulaire					
gris	gros	chat	gras	rat	gare

Le petit ver de terre  ♫ MP3 067

Qui a vu dans la rue,

Tout menu,

Le petit ver de terre?

Qui a vu dans la rue,

Tout menu,

Le petit ver tout nu?

C'est la grue qui a vu,

Tout menu,

Le petit ver de terre.

C'est la grue qui a vu,

Tout menu,

Le petit ver tout nu.

Et la grue a voulu

Manger cru

Le petit ver de terre.

Et la grue a voulu

Manger cru

Le petit ver tout nu.

Sous la laitue, bien feuillue,

A disparu

Le petit ver de terre.

Sous la laitue, bien feuillue,

A disparu

Le petit ver tout nu.

Et la grue n'a pas pu

Manger cru

Le petit ver de terre.

Et la grue n'a pas pu

Manger cru

Le petit ver tout nu.

Vocabulaire	
vu	rue
menu	nu
grue	voulu
cru	laitue
feuillue	disparu
pu	

Au clair de la lune

MP3 068

Au clair de la lune,

Mon‿ami Pierrot,

Prête-moi ta plume

Pour écrire un mot.

Ma chandelle est morte,

Je n'ai plus de feu.

Ouvre-moi ta porte

Pour l'amour de Dieu.

Vocabulaire		
lune	plume	plus

Proverbe 9

Ni vu, ni connu!

MP3 069

Vocabulaire	
vu	connu

La famille tortue
♫ MP3 070

Jamais‿on n'a vu,

jamais‿on ne verra

la famille tortue

courir après les rats.

Le papa tortue

et la maman tortue

et les‿enfants tortue

iront toujours‿au pas.

Vocabulaire			
jamais	a	vu	verra
la	famille	tortue	après
rats	papa	maman	pas

Une poule sur un mur

♫ MP3 071

Une poule sur un mur

Qui picote du pain dur

Picoti, picota

Lève la patte

et puis s'en va.

Vocabulaire

une	sur	mur	dur
picota	la	patte	va

Un kilomètre à pied

♫ MP3 072

Un kilomètre à pied,

ça use, ça use,

Un kilomètre à pied,

ça use les souliers.

Deux kilomètres à pied,

ça use, ça use,

Deux kilomètres à pied,

ça use les souliers.

Trois kilomètres à pied,

ça use, ça use,

Trois kilomètres à pied,

ça use les souliers.

Vocabulaire	
pied	souliers

Je suis désolée

♫ MP3 073

Je suis désolée,

mesdames et messieurs,

en été,

il vaut mieux y aller à pied

et laisser les vélos de côté.

Vocabulaire

désolée	mesdames	et	messieurs
été	aller	pied	laisser
les	vélos	côté	

Proverbe 10

Les cordonniers sont les plus mal chaussés.

♫ MP3 074

Vocabulaire

cordonniers	chaussés

Grand-père

🎵 MP3 075

Grand-père Michaël
qui avait perdu la tête
après une grosse fièvre
tricotait un pull en laine
pour son amie la baleine
qui avait de la peine
car elle n'avait pas d'aile.

Vocabulaire			
grand-père	Michaël	avait	perdu
tête	après	fièvre	tricotait
laine	baleine	peine	aile

À la claire fontaine

♫ MP3 076

À la claire fontaine

M'en allant promener

J'ai trouvé l'eau si belle

Que je m'y suis baignée.

Il y a longtemps que je t'aime

Jamais je ne t'oublierai.

Sous les feuilles d'un chêne

Je me suis fait sécher

Sur la plus haute branche

Un rossignol chantait.

Il y a longtemps que je t'aime,

Jamais je ne t'oublierai.

Vocabulaire		
claire	fontaine	belle
baignée	aime	jamais
chêne	fait	chantait

Point de shampoing!

♫ MP3 077

Pour mes cheveux,

j'ai besoin

d'une bouteille de shampoing.

J'en cherche une

dans tous les coins.

Au magasin du rond-point,

il y en a

mais c'est trop loin!

Ce soir,

je n'aurai point de shampoing!

Vocabulaire		
besoin	shampoing	coins
rond-point	loin	point

C'est la cloche du vieux manoir  ♫ MP3 078

C'est la cloche du vieux manoir

Du vieux manoir

Qui sonne le retour du soir

Le retour du soir.

Ding, ding, dong!

Ding, ding, dong!

Vocabulaire	
manoir	soir

Il était une fois ♫ MP3 079

Il était une fois,

Une marchande de foie

Qui vendait du foie

Dans la ville de Foix.

Elle se dit, ma foi,

C'est la première fois

Que je vends du foie

Dans la ville de Foix.

Vocabulaire			
fois	foie	Foix	foi

Bonsoir ♫ MP3 080

Bonsoir madame l'étoile,

que faites-vous ce soir?

Je vais peindre une toile

pour tous les enfants noirs.

Vocabulaire		
bonsoir	étoile	soir
toile	noirs	

Trois gros rats ♫ MP3 081

Trois gros rats gris

dans trois gros trous ronds

rongent trois gros croûtons ronds.

Vocabulaire			
trois	gros	rats	gris
trous	ronds	rongent	croûtons

Am stram gram

♫ MP3 082

Am stram gram

Pic et pic et colégram

Bour et bour et ratatam

am stram gram

Vocabulaire		
stram	gram	colégram
bour	ratatam	

Le rat et le renard 🎵 MP3 083

Monsieur rat,

arrivé en retard,

a attrapé un sacré rhume

en mangeant du riz au curry

et de la raie à la crème.

Hier soir,

son‿ami le renard

était‿au désespoir

car il n'avait plus de verre

pour boire!

Vocabulaire		
rat	arrivé	retard
attrapé	sacré	rhume
riz	curry	raie
crème	hier	soir
renard	désespoir	car
verre	pour	boire

Les cuillères en‿or

🎵 MP3 084

Je redorerai sûrement

ces trente-trois grandes cuillères en‿or.

Vocabulaire		
redorerai	sûrement	trente-trois
grandes	cuillères	or

LEÇON 41 [ʃ] [ʒ]

La girafe et la chenille

♫ MP3 085

Aujourd'hui, jeudi 1ᵉʳ juillet,

Georges la girafe

rejoint Chantal la chenille.

Ils cherchent le chat Charles

à la queue de cheval,

échappé du jardin de jasmin

de la gentille Juliette.

Sur le chemin,

ils achètent un chapeau orange

puis vont manger

dans une charmante auberge.

aujourd'hui	jeudi	juillet	Georges
girafe	rejoint	Chantal	chenille
cherchent	chat	Charles	cheval
échappé	jardin	jasmin	gentille
Juliette	chemin	achètent	chapeau
orange	manger	charmante	auberge

Francis et son frère

♫ MP3 086

Francis et son frère Vincent

font du vélo jusqu'à la pharmacie.

Ils vont si vite

qu'ils flottent dans le vent!

Ils vont si vite

que c'est fatigant!

Vocabulaire			
Francis	frère	Vincent	font
vélo	pharmacie	vont	vite
flottent	vent	fatigant	

107

La boîte 🎵 MP3 087

Vite,

ouvre cette boîte vide,

Et monte

vers le monde de l'aventure!

Vocabulaire			
vite	cette	boîte	vide
monte	monde	aventure	

Attention! ♫ MP3 088

Attention madame Dutout!

Quand‿il est parti ce midi

pour danser avec son tonton,

avait‿-il déjà payé son‿addition?

Vocabulaire			
attention	madame	Dutout	quand‿il
parti	midi	danser	tonton
avait‿-il	déjà	addition	

[p] [b]

Le pompon de Babar

♫ MP3 089

Le pompon de Babar,

le bonbon de Poucet,

le baba du pompier,

le papa du bébé.

Vocabulaire

pompon	Babar	bonbon	Poucet
baba	pompier	papa	bébé

Le bateau Apollinaire

♫ MP3 090

Bienvenue

à bord du bateau Apollinaire!

À la barre,

le brave capitaine Obispo.

Dans chaque cabine,

une belle baignoire

est à votre disposition.

Pour vous baigner,

prenez d'abord un peignoir

et trempez-vous les pieds

dans la bassine.

Puis reposez-vous bien

dans la salle de bain!

bienvenue	bord	bateau	Apollinaire
barre	brave	capitaine	Obispo
cabine	belle	baignoire	disposition
pour	baigner	prenez	d'abord
peignoir	trempez	pieds	bassine
puis	reposez	bien	bain

Agathe et Tac 🎵 MP3 091

Agathe attaque Tac.

Tac attaque Agathe.

Vocabulaire		
Agathe	attaque	Tac

Sans titre ♫ MP3 092

Il est grand, son écran.

Il est gai, sur le quai.

Il porte un gant

dans son camp.

Il craint de trouver

les mauvais grains.

Il lui manque de la mangue.

Il marche sur une crotte,

près de la grotte du coin.

Vocabulaire			
grand	écran	gai	quai
gant	camp	craint	grains
manque	mangue	crotte	grotte
coin			

Les‿excuses

🎵 MP3 093

Je veux‿et j'exige

d'exquises‿excuses!

Xénophon ♫ MP3 094

J'examine

cet axiome de Xénophon

sur les exigences,

les excès et l'expiation.

Vocabulaire		
examine	axiome	Xénophon
exigences	excès	expiation

L'exaspération 🎵 MP3 095

Je suis extraordinairement exaspéré!

Vous cherchez à vous excuser

mais malgré vos explications exposées,

vous êtes sans excuses.

Vocabulaire		
extraordinairement	exaspéré	excuser
explications	exposées	excuses

Xavier

MP3
096

J'exige que Xavier,

le chauffeur de taxi,

s'excuse

auprès de ses ex-copines

d'Aix-en-Provence!

Vocabulaire		
exige	Xavier	taxi
s'excuse	ex-copines	Aix-en-Provence

Annexes
附錄

Grammaire de base
附錄1：簡易基本文法

1. L'ALPHABET 法語字母 ♫ MP3 097

法語的字母有26個。

以下是法語字母，依序以印刷體大寫、小寫、音標呈現。我們來聆聽法國人如何念唱法語字母：

L'alphabet chanté

A, B, C, D, E, F, G

H, I, J, K, L, M, N, O, P

Q, R, S, T, U, V

W, X, Y, Z

Je connais mon alphabet

En français et en entier.

L'alphabet chanté 字母歌

A, B, C, D, E, F, G

H, I, J, K, L, M, N, O, P

Q, R, S, T, U, V

W, X, Y, Z

我認識我的字母

法語（字母），從頭學到尾。

A	a	[a]	N	n	[ɛn]
B	b	[be]	O	o	[o]
C	c	[se]	P	p	[pe]
D	d	[de]	Q	q	[ky]
E	e	[ə]	R	r	[ɛR]
F	f	[ɛf]	S	s	[ɛs]
G	g	[ʒe]	T	t	[te]
H	h	[aʃ]	U	u	[y]
I	i	[i]	V	v	[ve]
J	j	[ʒi]	W	w	[dublǝve]
K	k	[ka]	X	x	[iks]
L	l	[ɛl]	Y	y	[igRek]
M	m	[ɛm]	Z	z	[zɛd]

其中，a、e、i、o、u、y這6個字母為母音字母。其他的20個字母，稱為子音字母。接著，把部分的字母合併起來，構成音節。再把一個或多個音節合併起來，就形成了法語字。

例如：子音字母c + 母音字母a，形成ca這個音節，

子音字母n + 母音字母a，形成na這個音節，

子音字母d + 母音字母a，形成da這個音節，

再把以上3個音節合起來，就形成Canada（加拿大）這個字。

小心注意！當兩個字母連在一起時，有可能會改變原本字母的發音。

例如：a + i = ai = [ɛ] → une maison [yn mɛzɔ̃] 一個家

p + h = ph = [f] → une pharmacie [yn faRmasi] 一家藥局

2. LA LIAISON 連音

為了讓句子念起來更和諧、更富音樂性，當本來在「字尾」且為「不發音」的「子音字母」，緊接著下一個以「母音字母」為「字首」的字時，常常會把字尾子音與接下來的字首母音連起來發音，形成「連音」。

例如：Il était‿une fois（第39課）

Pour tous les‿enfants noirs（第39課）

On‿y danse, on‿y danse（第10課）

3. LES ACCENTS 特殊符號

某些法文「母音」字母的「正上方」，有時會標有「特殊符號（accents）」。

例如：é – è – ê – ë

　　　î – ï

　　　à – â

　　　ù – û

　　　ô

這些符號，可能會改變字的發音。例如以下的字：

é	répond（第13課）	è	très（第8課）	ê	forêt（第13課）	ë	Noël（第20課）
	képi（第24課）		frère（第1課）		tête（第37課）		Groënland（第25課）

à	à（第12、28課）	â	gâteau（第32課）
			mâche（第1課）

î	Benoît（第17課）	ï	Thaïlande（第26課）

ù	où est-elle?（第14課）	û	mûres（第1課）

ô	drôle（第12課）

4. L'APOSTROPHE 縮寫符號

　　縮寫符號的位置標在字母與字母之間空白處的上方，而不是標在字母正上方的特殊符號。縮寫符號是用來標示省略。當一個母音字母為結尾的字，在另一個以母音字母為首的字之前時，必須將這個母音字尾字母省略不寫。

例如：la + école必須去掉a，把兩個字縮寫在一起成l'école（第19課）

　　　ce + est必須去掉e，把兩個字縮寫成c'est（第38課）

　　　ne + avait pas必須去掉e，把兩個字縮寫成n'avait pas（第37課）

5. LE VERBE 動詞

　　一翻開法語字典查動詞單字，或是翻查動詞變化表時，可以看到始終不隨人稱或時態而改變的原形動詞。

　　但是在生活中實際用法語時，就會接觸到動詞呈現的各種不同風貌，這些動詞會隨著主詞的人稱或時態的變化而變化。

例如：être這個相當於「是」的原形動詞。

　　　在以下兩個例句，可以看到être它會因人稱變化而改變拼法：

　　　1) La nuit, tous les chats sont gris.

　　　　夜裡，所有的貓（看起來）都是灰色的。（第14課）（諺語）

　　　2) Le professeur n'est pas à l'heure.

　　　　這名教授是遲到的。（第18課）

　　還有，動詞會隨著時態轉變而改變拼法。

例如：Jamais on n'a vu, jamais on ne verra.

　　　從來沒人看過，也將不會有人看得到。（第35課）

　　　原形動詞本來同是voir，意思相當於「看」字。

　　　表示「過去有人曾看過」時，是(On) a vu，

　　　但表示「有人將來會看到」時，動詞的拼法就成了(On) verra。

6. LES PRONOMS SUJETS 當主詞的人稱代名詞

singulier 單數	je	我
	tu	你
	il / elle (on)	他 / 她 （大家 / 人家）
pluriel 複數	nous	我們
	vous	你們 / 您
	ils / elles	他們 / 她們

7. LE NOM 名詞

法語名詞都已經規定好，其性數是屬於陰性或陽性。

例如：陰性 / 單數名詞：la lune 月亮（第4課）

　　　　　　　　　　　une fille 一個女孩（第15課）

　　陽性 / 單數名詞：le professeur 這位教授（第18課）

　　　　　　　　　　　un chasseur 一個獵人（第29課）

而且，法語名詞也有單、複數。儘管表示複數名詞的字尾，在書寫上常加s，但是，該字尾的發音卻不發出s。

例如：陰性 / 複數：les dames（第14課）/ des prunes（第16課）

　　陽性 / 複數：les œufs（第17課）/ des champignons（第10課）

因此名詞發音，往往是由加在名詞前的冠詞（或不定冠詞）的單、複數型態，來做分辨。請參看以下圖表：定冠詞與不定冠詞，與陰（陽）性、單（複）數名詞連用時的變化。

定冠詞 不定冠詞	singulier 單數	pluriel 複數
masculin 陽性	le – l' un	les des
féminin 陰性	la – l' une	les des

8. L'ADJECTIF 形容詞

用來形容名詞的單字，就是形容詞。形容詞必須要配合它所修飾的名詞的陰／陽性，並稍微改變字末拼法。

例如：la goyave verte 這顆青木瓜（第28課）

　　　la grande glace 這片大冰原（第25課）

形容詞也同時必須配合它所修飾的名詞之單／複數，必要時稍微改變字末拼法。

例如1)：Ces grandes cuillères 這幾把大湯匙（第40課）

cuillère（湯匙）原本就是陰性名詞，超過一把（複數），加s變成cuillères。有「很多把」「大」湯匙，所以形容詞修飾陰性名詞時，grand的字尾必須先加e（表示陰性），再加上s（表示複數）。因此「這幾把大湯匙」就是 Ces grandes cuillères。

例如2)：Trois petits lapins 三隻小兔子（第16課）

lapin（兔子）原本是陽性名詞，有三隻（複數），名詞lapin字末要加s變成 lapins。

形容陽性名詞（兔子）的形容詞是「小」petit，在此，形容詞修飾陽性名詞時，petit的字尾只要加上s（表示複數）即可。所以「三隻小兔子」寫成 Trois petits lapins。

第1課 [m]

Le maire et le masseur 市長和按摩師 ♫ MP3 003

我爸爸

是Mamers市的市長

而我兄弟

是位按摩師。

小提醒：

*「et」為連接詞單字，表示「和 / 與 / 跟 / 及」，發音始終為[e]。

**「est」這個單字常做動詞使用，表示「是 / 為」，發[ɛ]的音；但是若當名詞「東方 / 部（地區），東歐（諸國）」，發音就改成[ɛst]。

Mardi matin 星期二早上 ♫ MP3 004

星期二早上，

我媽媽吞了

我那些成熟的藍莓、

我那些最好吃的橘子，

甚至

（還吃了）我的一些軟軟的馬德蓮蛋糕！

Ma marraine malgache 🎵 MP3 005
我的馬達加斯加（籍）教母

我馬達加斯加教母

嚼

我發霉的棉花糖，

而我祖母

吃我的malabar口香糖。

第2課　[n]

Où niche la pie? 喜鵲在哪裡築巢？ 🎵 MP3 006

喜鵲在哪裡築巢？

喜鵲的巢築得高高的。

鵝在哪裡築巢？

鵝的巢築得低低的。

貓頭鷹在哪裡築巢？

貓頭鷹的巢，

築得不高也不低！

Nombres et Liaisons 數字和連音句 ♫ MP3 007

一隻翅膀

　兩隻翅膀

　　三隻翅膀

　　四隻翅膀

　　　五隻翅膀

　　　六隻翅膀

　　　　就是她！

　　　一隻鵝

　　兩隻鵝

　　三隻鵝

　　四隻鵝

　　五隻鵝

　六隻鵝

就是你！

第4課 [ə]

Jean de la lune 月亮小子Jean 🎵 MP3 008

在一個溫暖的

春夜，

距今一百多年前，

在一株荷蘭芹菜葉下，

靜悄悄的，

誕生了瘦小的

月亮小子Jean，

月亮小子Jean。

第5課 [a]

Tara 小老鼠Tara 🎵 MP3 009

小老鼠

Tara

和小貓Sacha

去加拿大。

第6課 [z]

Zazie 名叫Zazie的女孩 ♫ MP3 010

Zazie一面縫衣服，

一面和她堂（表）（姊）妹聊天。

Joyeux‿anniversaire 祝你生日快樂 ♫ MP3 011

祝你生日快樂，

祝你生日快樂，

祝你生日快樂，Lisa

祝你生日快樂！

法國諺語 1 ♫ MP3 012

答應的事情，就是該做的事。

（凡是答應就要做到。）

第7課 [s]

Les serpents qui sifflent 吹口哨的蛇 ♫ MP3 013

這些在毛巾上吹口哨的蛇，

是何方神聖？

Les sangsues 水蛭 ♫ MP3 014

如果這些在她胸部上的606隻水蛭，

沒能吸走（壞）血的話，

這606隻水蛭，

就沒有發揮功效了。

La piscine 游泳池 ♫ MP3 015

在游泳池

當和我妹妹（姊姊）一起上

游泳課時，

我看到了一個男孩

像魚一樣地游泳。

第8課 [t]

Trois tortues 三隻烏龜 ♫ MP3 016

三隻烏龜（當時）爬在

一條狹窄的人行道上。

Entêtement 固執不化 ♫ MP3 017

你執意

要全部都嘗試過。

你如此的固執不化，

會拖垮自己。

第9課 [d]

Un dragon gradé 一條有軍階的龍 ♫ MP3 018

一條有軍階的龍，

讓另一條降了軍階的龍，

感到顏面無光。

Le dandy 風騷的公子哥兒 ♫ MP3 019

這個衣著講究風騷的公子哥兒，

在一隻肥滋滋的火雞前，

輕輕搖著他的頭。

第10課 [ɔ̃]

Sur le pont d'Avignon 在亞維儂橋上 ♫ MP3 020

在Avignon橋上，

大家跳舞，

大家跳舞

在Avignon橋上，

大伙兒圍成圓圈起舞。

Menu du jour 今日菜單 ♫ MP3 021

（來些）魚？不要。

（來些）火腿？不要。

（來些）草菇？不要。

（來些）香瓜呢？也不要。

那麼，要什麼？

（來些）醋酸醃漬迷你黃瓜！

啊，好吧！

法國諺語 2 ♫ MP3 022

好朋友，

明算帳。

第11課 屏息音 [h] ([h] aspiré)

（需屏息，與前字分斷開來發音，切不可以連音）

Le <u>h</u>ibou et le <u>h</u>éron 貓頭鷹和鷺鷥 ♫ MP3 023

你有一隻貓頭鷹嗎？

我呢，有隻鷺鷥。

你的貓頭鷹

活像根四季豆。

我的鷺鷥呢，牠，

可是名英雄！

啞音 [h] ([h] muet)

（h前一個字，字尾的（子）音須直接（略過h），連到下一個
（母）音 / 音節，一起發音）

L'hippo et l'hélico 河馬和直升機 ♫ MP3 024

一頭河馬在直升機裡？

牠（當時）猶豫是否要降落在草地上。

牠起了幻覺（看到了）：

一個人、

兩隻海馬、

三個螺旋槳……

這真是個古怪的故事啊！

第13課 [u]

Le coucou 布穀鳥 ♫ MP3 025

在遠方的森林裡，

我們聽到布穀鳥唱歌。

牠從棲息的高高橡樹上，

回答貓頭鷹。

咕咕，貓頭鷹，咕咕，貓頭鷹，

咕咕，咕咕，咕咕。

（再唱一次）

Bonjour lundi 早安星期一 ♫ MP3 026

早安，星期一。

星期二還好嗎？

星期三很好。

星期四讓我

告訴星期五：

星期六

去參加星期日的舞會！

Mirlababi （一首無涵義的俏皮童詩） ♫ MP3 027

Mirlababi surlababo

Mirliton ribon ribette

Surlababi mirlababo

Mirliton ribon ribo

（維多‧雨果Victor Hugo為其鉅作《悲慘世界》所作）

法國諺語 3 ♫ MP3 028

夜裡，所有的貓（看起來）都是灰色的。

（意指：情況不明時，真相還很難分辨。）

Midi 中午 ♫ MP3 029

中午，誰告訴它的？

是老鼠。

牠在哪裡？

在小教堂裡。

牠在做什麼？

在編織蕾絲邊。

要編給誰？

給巴黎那些

穿灰鞋的（貴）夫人。

第15課 [j]

La pluie mouille 雨淋濕了 ♫ MP3 030

雨淋濕了

南瓜，

雨淋濕了

青蛙，

雨淋濕了

Carabouille（人名），

（東西都）生鏽了。

啊呀，啊呀，啊呀（傷腦筋）！

Une jolie fille 一位美少女 ♫ MP3 031

昨天，在太陽下，

一位美少女和她家人，

坐在長的扶手椅上，

享用好吃的優格

還配上一些蒜蓉烤麵包。

第16課 [ɛ̃]

Trois petits lapins 三隻小兔子 ♫ MP3 032

在月光下

有三隻小兔子，

（當時）吃著李子

活像三個調皮的孩子。

嘴裡叼著菸斗，

手上拿著玻璃杯，

說著：「夫人們，

倒酒！」

Alain le coquin 鬼靈精Alain ♫ MP3 033

鬼靈精Alain

（將）和他的教父Marin

及他的朋友Tintin，

明天早上

到遠方的國家，

去賣亞麻仁籽油。

第17課 [ø]

Benoît 名叫Benoît的男子 MP3 034

Benoît

無法將

一顆顆小蛋，

彩繪成

藍色。

法國諺語 4 MP3 035

賭場得意，

情場失意。

Monsieur Eulin Eulin先生 MP3 036

星期四

Eulin先生要用

2歐元買

一副（撲克）牌，

用12歐元買

一件藍色襯衫。

他沒有很多錢可以花。

Le professeur 教授 ♫ MP3 037

這位教授

沒有準時

去看醫生。

Le chanteur 歌手 ♫ MP3 038

一位竊賊歌手，

捧著一束花

給他姊姊（妹妹）。

法國諺語 5 ♫ MP3 039

能偷（雞）蛋，也能偷一頭牛。

Le bonhomme et la pomme 小男孩和蘋果 ♫ MP3 040

一個小男孩

坐在一顆蘋果上

那顆蘋果滑了下來，

這個小男孩卻飛上了

學校的屋頂！

Les papous 巴布族人（繞口令） ♫ MP3 041

在papous人裡，

有長頭蝨的papous人，

和沒長頭蝨的papous人……

還有，在papous族裡，

有當爸爸的papous人，

和沒當爸爸的papous人

所以，在papous族裡，

有些當爸爸的papous人有長頭蝨，

有些當爸爸的papous人沒有長頭蝨。

第20課 [b]

Noël 聖誕節 ♫ MP3 042

聖誕節將帶給我：

一個娃娃

一隻貓頭鷹

一頭母羊

一條蟒蛇

一隻螃蟹

一些糖果

和很多大大的吻！

第21課 [ʃ]

L'enchanteur 風采迷人的男歌手 ♫ MP3 043

一位風采迷人的男歌手

在田裡高歌，

迷倒了

一條著迷的毛毛蟲。

Cinq chiens 五隻狗 ♫ MP3 044

五隻狗追六隻貓。

第22課 [3]

Les gendarmes 憲兵 ♫ MP3 045

在憲兵隊裡，

當一位憲兵笑時，

其他所有的憲兵隊的憲兵

也跟著笑了起來。

Le juge Juste 姓Juste的法官 ♫ MP3 046

這位姓Juste的法官

判決Gilles，

年紀輕輕又愛嫉妒。

打鐵成鐵匠。

（熟能生巧。）

第23課 [ɲ]

Le gran<u>d</u> voyageur　偉大的旅行家 ♫ MP3 048

[ɲ]是名偉大的旅行家。

他參觀了la Breta<u>gn</u>e（法國不列塔尼半島），

還喝了一些香檳酒。

然後爬上了一座山，

走進了鄉間散步，

接著就在葡萄園中，

他找到了一群天鵝！

第24課 [k]

Le coq　公雞 ♫ MP3 049

公雞的雞冠

長

在公雞的頭上。

Kiki et Koko 鸚鵡Kiki和袋鼠Koko 🎵 MP3 050

鸚鵡Kiki

住在Bikini（太平洋上的小島上），

鸚鵡Kiki

藏在牠的一頂法國軍帽下面，

至於袋鼠Koko呢，

牠住在東京，

至於袋鼠Koko呢，

牠穿著一件和服。

第25課 [g]

Les rats grillés 烤老鼠 🎵 MP3 051

五隻肥滋滋的老鼠

放在一大口肥油（鍋）裡

烤。

Aglaé 名叫Aglaé的女子 🎵 MP3 052

Aglaé優雅地溜冰

在格陵蘭島的

大冰原上。

第26課 [l]

Le petit cheval rouge 小紅馬 ♩ MP3 053

奔跑吧，

小紅馬

跑到土魯斯（Toulouse，法國南部大城）去吧！

奔跑吧，

小紫馬

奔跑到泰國！

奔跑吧，

小金馬

奔跑到里昂（Lyon，法國東南部大城）去吧！

第27課 [f]

La farandole 法杭多舞（普羅旺斯民俗舞） ♩ MP3 054

François和他的兄弟們

高興地一起跳 la farandole（法杭多舞），

圍著一捆燃燒的木柴堆起舞。

La farandole（法杭多舞），（跳起來）還蠻累的，

但是卻蠻好玩的！

第28課 [v]

Le pivert 啄木鳥 ♫ MP3 055

啄木鳥

在奪走了綠色番石榴後，

就比一陣風更快地

飛走了。

法國諺語 7 ♫ MP3 056

時間可以證明一切。

À vélo 單車行 ♫ MP3 057

騎著我的單車，

我可以很快很快地前進，

比汽車快，

比飛機快，

比風還要快。

真的哦！

我在轉彎時全速前進，

用令人暈眩的速度來旅行，

不用方向盤也不用風帆，

只用我的單車。

你看到了嗎？

第29課 [ʃ] [s]

Les chaussettes de l'archiduchesse 🎵 MP3 058
女大公爵的襪子

女大公爵的

襪子

已經乾了，

非常乾了。

Le chasseur 獵人 🎵 MP3 059

一個懂得打獵的獵人，

應該能打獵，

不用他的狗（幫忙）。

第30課 [ã]

Un‿éléphant, ça trompe énormément 🎵 MP3 060
一頭大象，誇張地說謊

一頭大象，

説謊，説謊，

一頭大象，

誇張地説謊！

兩頭大象，

説謊，説謊，

兩頭大象，

誇張地説謊！

三頭大象，

説謊，説謊，

三頭大象，

誇張地説謊！

*使用類似發音的字，讓歌曲產生詼諧俏皮的語氣。因為「牠誇張地説謊」ça trompe énormément的發音和「牠有巨大的象鼻」sa trompe (est) énorme，兩句乍聽下發音很近似。

Jean　名叫Jean的男子 ♫ MP3 061

Jean

仍然和他姑姑（阿姨）住在一起，

他沒錢

也沒時間

換公寓（搬家）。

第31課 [ㄊ]

Tom　名叫Tom的男孩 ♫ MP3 062

Tom要去上學。

他去按

朋友Nicole她家的門鈴，

然後他人藏在門後。

她走出來，

卻看不見半個人影。

「是誰？」Nicole問。

（原來）是Tom！

第32課 [o]

Fais dodo, Colas mon petit frère ♫ MP3 063

睡覺覺吧，Colas我的弟弟

睡覺覺吧，

我的弟弟Colas。

睡覺覺吧，

你將有ㄋㄟㄋㄟ（奶）可以喝。

媽媽在上面

做蛋糕。

爸爸在下面

做巧克力。

睡覺覺吧，

我的弟弟Colas。

睡覺覺吧，

你將有ㄋㄟㄋㄟ可以喝。

Do ré mi fa sol la si do 八度音階 ♪ MP3 064

Do ré mi fa sol la si do!

幫我摳掉那隻

爬在背上的跳蚤！

你如果有早點幫我摳，

牠就不會爬到那麼高，

（爬得）那麼高，爬到了（我的）背上！

法國諺語 8 ♪ MP3 065

又新又美。

（暗指等新鮮感一過去，可能就變成不這樣令人感興趣了。）

[第33課] [o] [a] [i]

Le chat gris 灰貓 ♪ MP3 066

灰，灰，灰，

牠是灰色的，

這隻胖貓咪。

胖，胖，胖，

牠很胖，

這隻灰貓咪。

肥，肥，肥，

牠很肥，

這隻胖老鼠。

（又）灰，（又）胖，（又）肥，

要小心胖貓的（利）爪子！

第34課 [y]

Le petit ver de terre 小蚯蚓 ♩ MP3 067

有誰在路上看到

那條瘦小纖細的

小蚯蚓？

有誰在路上看到

那條瘦小纖細

光溜溜的小蚯蚓？

是野鶴牠有看到

那條瘦小纖細的

小蚯蚓。

是野鶴牠有看到

那條瘦小纖細

光溜溜的小蚯蚓。

然後，野鶴牠本來想要
一口生吞
那隻小蚯蚓。
然後，野鶴牠本來想要
一口生吞
那隻光溜溜的小蚯蚓。

在枝葉茂盛的萵苣葉下，
小蚯蚓消失了。
在枝葉茂盛的萵苣葉下，
那隻光溜溜的小蚯蚓
消失了。

後來，那隻野鶴無法
活生生的吃下
那隻小蚯蚓。
最後，那隻野鶴無法
活生生的吃下
那隻光溜溜的小蚯蚓。

Au clair de la lune 在皎潔的月光下 ♫ MP3 068

在皎潔的月光下，

我的朋友Pierrot，

借我你的鵝毛沾墨水筆，

來寫個字。

我的蠟燭熄滅了，

我沒有燭火了。

看在老天的份上，

幫我開門吧！

法國諺語 9 ♫ MP3 069

沒有人看到，也沒有人知道！

（偷偷摸摸地做一件事。）

第35課 [a] [y]

La famille tortue 烏龜一家 ♫ MP3 070

以前從來沒人看過，

也將不會有人看得到

烏龜家族

跑在老鼠們後面。

烏龜爸爸

烏龜媽媽

和烏龜孩子們

一步一步始終往前爬。

Une poule sur un mur 一隻在牆上的母雞 ♫ MP3 071

一隻在牆上的母雞

在啄硬麵包

東啄啄，西啄啄

抬起爪子，

然後走開。

Un kilomètre à pied 用腳走一公里路 ♫ MP3 072

註：腳力、專注力，和數數訓練之歌。用於和孩子一邊走一邊唱，
可以一直用數數唱下去。在書末索引2有補充示範數到100，可
以繼續唱到100。

走一公里，

會磨損，會磨損，

走一公里，

會磨損鞋子。

走兩公里，

會磨損，會磨損，

走兩公里，

會磨損鞋子。

走三公里，

會磨損，會磨損，

走三公里，

會磨損鞋子。

Je suis désolée 我（註：女性）很抱歉 ♫ MP3 073

我很抱歉，

夫人（小姐）們，先生們，

在夏天，

最好徒步前往，

把單車擱置一邊。

法國諺語 10 ♫ MP3 074

鞋匠常是最常穿著破鞋不修補的人。

第37課 [ε]

Grand-père 祖父 ♫ MP3 075

在發高燒後

而變糊塗的

祖父Michaël，

編織一件毛衣

送給他那位

痛苦不適，

失去了魚翅的鯨魚朋友。

À la claire fontaine 在那清澈的噴泉下 MP3 076

在那清澈的噴泉畔

我去散了步，

我當下覺得水是如此的乾淨美麗，

就跳了進去游泳（泡水）。

我已經愛你愛了很久，

無論如何我都無法把你忘懷。

在一棵橡樹葉下，

我擦乾了身體，

一隻夜鶯那時站在最高的枝頭上唱歌。

我已經愛你愛了很久，

無論如何我都無法把你忘懷。

第38課 [wɛ̃]

Point de shampoing! 連一滴洗髮精都沒有！ MP3 077

（洗）我的頭髮

我需要

一瓶洗髮精。

我在（屋內）四處尋找。

那家在圓環的店
有（洗髮精），
可是太遠了！
今晚，
我將連一滴洗髮精都沒！

第39課 [wa]

C'est la cloche du vieux manoir ♫ MP3 078

這是舊堡的鐘聲

這是舊堡的鐘聲，
舊堡的鐘聲，
它告訴我們
夜晚再度降臨了
夜晚再度降臨了

叮，叮，咚！
叮，叮，咚！

Il était une fois 從前有個女商人 ♫ MP3 079

從前從前，

有一個賣（豬 / 牛）肝的女商人

到富瓦城（Foix，位於法國南部的城鎮）做生意。

她自言自語：真的耶，

這是我第一次，

來富瓦城（Foix）這裡

來賣肝。

Bonsoir 晚安 ♫ MP3 080

晚安，星星太太

您今晚做什麼？

我將在畫布上畫畫，

獻給全部的黑人孩子。

第40課 [R]

Trois gros rats 三隻肥老鼠 ♫ MP3 081

三隻肥肥的灰鼠

（躲）在三個大大的圓洞裡，

啃三片又圓又大的硬麵包。

Am stram gram （一則發音用的（無涵義）繞口令） ♫ MP3 082

Am stram gram

Pic et pic et colégram

Bour et bour et ratatam

am stram gram

Le rat et le renard 老鼠和狐狸 ♫ MP3 083

老鼠先生

遲到了，

由於牠吃了咖哩飯

配了一道鮮奶油比目魚，

而得了重感冒。

昨夜，

牠的朋友狐狸先生，

覺得很失望，

因為再也找不到一個杯子

來喝一杯！

Les cuillères en or 金湯匙 ♫ MP3 084

我鐵定將會

為這三十三把大尺寸的金湯匙

再鍍上一層金。

小提醒：請注意聆聽模仿法語〔R〕的發音，不同於其他拉丁語言〔r〕的發音。

第41課 [ʃ] [ʒ]

La girafe et la chenille 長頸鹿和毛毛蟲 🎵 MP3 085

今天是七月一日星期四，

長頸鹿Georges

和毛毛蟲Chantal在一起。

牠們一起去找

有著長長馬尾巴的貓咪Charles，

Charles從和善的Juliette家的

茉莉花園偷偷溜走。

在路上，

牠們買一頂橙色帽子，

然後到一家怡人的鄉下小館吃飯。

第42課 [f] [v]

Francis et son frère 男孩Francis和他哥哥（或弟弟） 🎵 MP3 086

Francis和他哥哥（弟弟）Vincent

騎單車到藥局。

他們騎得那麼快

以至於整個人好像飄浮在風中！

他們騎得那麼快，

真的把人累壞了！

第43課 [t] [d]

La boîte 盒子 ♫ MP3 087

快點！

打開這個空盒子，

然後往上爬

往這個驚險的世界！

Attention! 小心注意！ ♫ MP3 088

Dutout夫人，注意！

他今天中午離開，

和他舅舅（叔叔）一起去跳舞時，

是否已經先付了他的帳單？

第44課 [p] [b]

Le pompon de Babar ♫ MP3 089

（童話人物）大象巴巴（Babar）帽上的小絨球

巴巴（Babar）（帽子上的）小絨球，

姆指姑娘的糖果，

消防隊員的萊姆酒葡萄乾蛋糕，

娃娃的爸爸。

Le bateau Apollinaire Apollinaire號 🎵 MP3 090

歡迎登上Apollinaire號！

掌舵的

是英勇的Obispo船長。

在每個船艙裡設有，

美麗的浴缸

供您使用。

您要泡澡時，

先拿一件浴袍，

再將您的腳泡

在浴缸裡。

之後，在浴室裡

好好休息！

 第45課 [k] [g]

Agathe et Tac 叫Agathe的女孩和叫Tac的男孩 🎵 MP3 091

Agathe攻擊Tac，

Tac攻擊Agathe。

Sans titre 無題 ♫ MP3 092

這很大，他的螢幕（很大），

他很高興，（站）在月台上。

他戴一隻手套

在他的露營地裡。

他害怕會找到

壞掉的種子。

他懷念芒果（的滋味）。

他在附近的山洞旁，

踩到一條（狗）屎。

第46課 [ks] [gz]

Les‿excuses 藉口 ♫ MP3 093

我想要，而且我堅持要討到

一套絕妙的藉口！

Xénophon 古希臘歷史學家色諾芬 ♫ MP3 094

我檢視

古希臘歷史學家色諾芬（Xénophon）

在他的道理論述中，

關於需求、

放縱和贖罪的說法。

L'exaspération 惱怒 ♫ MP3 095

我非常惱火！
你們在設法找個藉口，
儘管秀出了一套說詞，
但是你們終究還是沒有道理。

Xavier 名叫Xavier的男人 ♫ MP3 096

我要求一名叫Xavier
的計程車司機，
向他那些住在Aix-en-Provence（位於普羅旺斯省的城市）的前女
友們道歉！

MÉMO

Index
索引

Vocabulaire des comptines
字彙

A	
acheter (v.)	買
ail (n.m.)	蒜頭
aller (v.)	去
ami (n.m.)	朋友
amour (n.m.)	愛
an (n.m.)	年
anniversaire (n.m.)	生日
appartement (n.m.)	公寓
avion (n.m.)	飛機

B	
bas (adv.)	低
bateau (n.m.)	船
beau, belle (adj.)	美
beaucoup (adv.)	很多
boire (v.)	喝
bonbon (n.m.)	糖果
bouche (n.f.)	口、嘴

C	
cent (n.m. ou adj.)	百
champignon (n.m.)	菇類
changer (v.)	改變
chanteur (n.m.)	歌唱者

C	
chat (n.m.)	貓
chauffeur (n.m.)	司機
chaussette (n.f.)	襪子
cheval (n.m.)	馬
cheveu (n.m.)	頭髮
chien (n.m.)	狗
chocolat (n.m.)	巧克力
copain (n.m.)	夥伴
cousine (n.f.)	堂（表）姊（妹）

D	
demain (adv.)	明天
dire (v.)	説、告訴
docteur (n.m.)	醫生
dos (n.m.)	背部
dragon (n.m.)	龍

E	
école (n.f.)	學校
écrire (v.)	寫
éléphant (n.m.)	象
enfant (n.m. ou f.)	孩童
euro (n.m.)	歐元

F	
famille (n.f.)	家庭
feu (n.m.)	火
fille (n.f.)	女兒、女孩
fleur (n.f.)	花
forêt (n.f.)	森林
frère (n.m.)	兄（弟）
fromage (n.m.)	乳酪

G	
garçon (n.m.)	男孩
gâteau (n.m.)	蛋糕
goyave (n.f.)	木瓜
grand, grande (adj.)	大的
gris, grise (adj.)	灰的
gros, grosse (adj.)	粗（大）的

H	
haut (adv.)	高
heure (n.f.)	小時、（時間單位）
heureux, heureuse (adj.)	幸福的
homme (n.m.)	男人
huile (n.f.)	油

J	
jamais (adv.)	從不
jasmin (n.m.)	茉莉花
jeune, jeune (adj.)	黃色的
joyeux, joyeuse (adj.)	快樂的

K	
kilomètre (n.m.)	公里
kimono (n.m.)	日本和服

L	
longtemps (adv.)	長期地
lune (n.f.)	月亮

M	
main (n.f.)	手
malheureux, malheureuse (adj.)	不愉快的
maman (n.f.)	媽媽（暱稱）
mamie (n.f.)	小孩用語，暱稱祖母（奶奶 / 外婆）
manger (v.)	吃
mangue (n.f.)	芒果
matin (n.m.)	早上
mauvais, mauvaise (adj.)	壞的、不良的
menu (n.m.)	菜單
mère (n.f.)	媽媽
midi (n.m.)	中午
montagne (n.f.)	山
mort (n.f.)	死亡

N	
nager (v.)	游泳
Noël (n.m.)	聖誕節
nouveau, nouvelle (adj.)	新的
nuit (n.f.)	夜

O	
œuf (n.m.)	蛋

P	
pain (n.m.)	麵包
papa (n.m.)	爸爸（家常叫法）
pays (n.m.)	國家
peindre (v.)	繪畫
père (n.m.)	爸爸
petit, petite (adj.)	小的
pharmacie (n.f.)	藥局
pied (n.m.)	腳
piscine (n.f.)	游泳池
pluie (n.f.)	雨（水）
poisson (n.m.)	魚
porte (n.f.)	門
printemps (n.m.)	春天
professeur (n.m.)	教授
pull (n.m.)	套頭毛衣

R	
rat (n.m.)	田鼠（體型較大）
rue (n.f.)	路

S	
serpent (n.m.)	蛇
shampoing (n.m.)	洗髮精（乳）
sœur (n.f.)	姊（妹）
soir (n.m.)	晚上
soleil (n.m.)	太陽
souris (n.f.)	家鼠（體型較小）

T	
tante (n.f.)	姑姑（或阿姨）
taxi (n.m.)	計程車
tête (n.f.)	頭
Thaïlande (n.f.)	泰國
tortue (n.f.)	烏龜
toujours (adv.)	始終
trop (adv.)	太過
trouver (v.)	找到

V	
vélo (n.m.)	單車
vent (n.m.)	風
verre (n.m.)	玻璃杯
vieux, vieille (adj.)	老的
ville (n.f.)	城市
vin (n.m.)	葡萄酒
vite (adv.)	快速地
voiture (n.f.)	汽（轎）車

略語表

v.：動詞

n.：名詞

m.：陽性

f.：陰性

adj.：形容詞

adv.：副詞

n. ou adj.：名詞或形容詞

Pour en savoir plus...
更多其他字彙補充

MP3
099

Les jours de la semaine 一週裡的日子	
lundi (n.m.)	星期一
mardi (n.m.)	星期二
mercredi (n.m.)	星期三
jeudi (n.m.)	星期四
vendredi (n.m.)	星期五
samedi (n.m.)	星期六
dimanche (n.m.)	星期日

Les mois de l'année 一年裡的月份	
janvier (n.m.)	一月
février (n.m.)	二月
mars (n.m.)	三月
avril (n.m.)	四月
mai (n.m.)	五月
juin (n.m.)	六月
juillet (n.m.)	七月
août (n.m.)	八月
septembre (n.m.)	九月
octobre (n.m.)	十月
novembre (n.m.)	十一月
décembre (n.m.)	十二月

Les principales couleurs 主要的顏色 （陽性m，陰性f）名詞或形容詞	
blanc, blanche (n. ou adj.)	白色
bleu, bleue (n. ou adj.)	藍色
jaune, jaune (n. ou adj.)	黃色
marron, marron (n. ou adj.)	栗子色
noir, noire (n. ou adj.)	黑色
orange, orange (n. ou adj.)	橙色
rouge, rouge (n. ou adj.)	紅色
vert, verte (n. ou adj.)	綠色
violet, violette (n. ou adj.)	紫色

Les moments de la journée 一天裡的時段	
matin (n.m.)	早上
midi (n.m.)	中午
après-midi (n.m. ou f.)	下午
soir (n.m.)	晚上
nuit (n.f.)	夜裡

Les nombres de 0 à 100 ♫ MP3 101

0	zéro	20	vingt	40	quarante
1	un	21	vingt et un	41	quarante et un
2	deux	22	vingt-deux	42	quarante-deux
3	trois	23	vingt-trois	43	quarante-trois
4	quatre	24	vingt-quatre	44	quarante-quatre
5	cinq	25	vingt-cinq	45	quarante-cinq
6	six	26	vingt-six	46	quarante-six
7	sept	27	vingt-sept	47	quarante-sept
8	huit	28	vingt-huit	48	quarante-huit
9	neuf	29	vingt-neuf	49	quarante-neuf
10	dix	30	trente	50	cinquante
11	onze	31	trente et un	51	cinquante et un
12	douze	32	trente-deux	52	cinquante-deux
13	treize	33	trente-trois	53	cinquante-trois
14	quatorze	34	trente-quatre	54	cinquante-quatre
15	quinze	35	trente-cinq	55	cinquante-cinq
16	seize	36	trente-six	56	cinquante-six
17	dix-sept	37	trente-sept	57	cinquante-sept
18	dix-huit	38	trente-huit	58	cinquante-huit
19	dix-neuf	39	trente-neuf	59	cinquante-neuf

60	soixante	80	quatre-vingts	100	cent
61	soixante et un	81	quatre-vingt-un		
62	soixante-deux	82	quatre-vingt-deux		
63	soixante-trois	83	quatre-vingt-trois		
64	soixante-quatre	84	quatre-vingt-quatre		
65	soixante-cinq	85	quatre-vingt-cinq		
66	soixante-six	86	quatre-vingt-six		
67	soixante-sept	87	quatre-vingt-sept		
68	soixante-huit	88	quatre-vingt-huit		
69	soixante-neuf	89	quatre-vingt-neuf		
70	soixante-dix	90	quatre-vingt-dix		
71	soixante et onze	91	quatre-vingt-onze		
72	soixante-douze	92	quatre-vingt-douze		
73	soixante-treize	93	quatre-vingt-treize		
74	soixante-quatorze	94	quatre-vingt-quatorze		
75	soixante-quinze	95	quatre-vingt-quinze		
76	soixante-seize	96	quatre-vingt-seize		
77	soixante-dix-sept	97	quatre-vingt-dix-sept		
78	soixante-dix-huit	98	quatre-vingt-dix-huit		
79	soixante-dix-neuf	99	quatre-vingt-dix-neuf		

國家圖書館出版品預行編目資料

有趣的法語暖身操：聽聽唱唱學發音 /

游文琦（Wen-Chi You）、夏怡蓓（Isabelle Chabanne）著；

游文琦（Wen-Chi You）譯

--初版-- 臺北市：瑞蘭國際, 2017.12

176面；19×26公分 --（外語學習；46）

ISBN：978-986-95584-7-1（平裝附光碟片）

1.法語 2.發音

804.541   106020903

外語學習系列 46

有趣的法語暖身操
聽聽唱唱學發音

作者｜游文琦（Wen-Chi You）、夏怡蓓（Isabelle Chabanne）

譯者｜游文琦（Wen-Chi You）‧責任編輯｜林珊玉、葉仲芸

校對｜游文琦（Wen-Chi You）、夏怡蓓（Isabelle Chabanne）、林珊玉、葉仲芸

法語錄音｜夏怡蓓（Isabelle Chabanne）、夏璐希（Lucille Chabanne）、夏安德（Adrien Chabanne）

電子大鍵琴演奏｜周木閔（Iasson MouMin Tsotsolis）‧錄音室｜純粹錄音後製有限公司

封面設計、版型設計、內文排版｜余佳憓

插畫｜周永菱（Marie YonLien Tsotsolis）‧光碟插畫｜夏璐希（Lucille Chabanne）

董事長｜張暖彗‧社長兼總編輯｜王愿琦‧主編｜葉仲芸

編輯｜潘治婷‧編輯｜林家如‧編輯｜林珊玉‧設計部主任｜余佳憓

業務部副理｜楊米琪‧業務部組長｜林湲洵‧業務部專員｜張毓庭

編輯顧問｜こんどうともこ

法律顧問｜海灣國際法律事務所　呂錦峯律師

出版社｜瑞蘭國際有限公司‧地址｜台北市大安區安和路一段104號7樓之1

電話｜(02)2700-4625‧傳真｜(02)2700-4622‧訂購專線｜(02)2700-4625

劃撥帳號｜19914152 瑞蘭國際有限公司‧瑞蘭國際網路書城｜www.genki-japan.com.tw

總經銷｜聯合發行股份有限公司‧電話｜(02)2917-8022、2917-8042

傳真｜(02)2915-6275、2915-7212‧印刷｜皇城廣告印刷事業股份有限公司

出版日期｜2017年12月初版1刷‧定價｜480元‧ISBN｜9789869558471